AF745042

www.ingramcontent.com/pod-product-compliance
Lightning Source LLC
LaVergne TN
LVHW050826051026
849532LV00008B/3143

* 9 7 8 9 3 5 8 7 2 5 5 9 9 *

خون کا دریا

(بچوں کا ناول)

سراج انور

© Taemeer Publications LLC

Khoon ka Darya *(Kids Novel)*

by: Siraj Anwar

Edition: October '2024

Publisher :

Taemeer Publications LLC (Michigan, USA / Hyderabad, India)

ISBN 978-93-5872-559-9

9 789358 725599

کتاب	:	**خون کا دریا** (بچوں کا ناول)
مصنف	:	**سراج انور**
صنف	:	ادب اطفال
ناشر	:	تعمیر پبلی کیشنز (حیدرآباد، انڈیا)
سالِ اشاعت	:	۲۰۲۴ء
صفحات	:	۴۰
سرورق ڈیزائن	:	تعمیر ویب ڈیزائن

یہ کہانی افریقہ کے خطرناک جنگلوں سے شروع ہوتی ہے۔

بڑی زبردست اور موسلادھار بارش ہو رہی تھی۔ بارش کے ساتھ خوفناک طوفان بھی تھا۔ جس کی وجہ سے بڑے بڑے پیڑ جڑ سے اُکھڑ کر گر رہے تھے۔ یہ بھیانک جنگل ہی کیا کم خطرناک تھا کہ اوپر سے یہ تیز بارش سوکھے پتّوں پر بارش کے قطروں کے گرنے سے جو آوازیں پیدا ہوتی تھیں اُن کی وجہ سے ماحول اور بھی ڈراؤنا ہو گیا تھا۔ خوفناک درندے اپنے بھٹوں میں خاموش بیٹھے ہوئے تھے۔ پرندے آشیانوں میں دُبکے پڑے تھے۔ کسی میں بھی ہمت نہ تھی کہ چمکتی اور کڑکتی بجلی کی روشنی میں

باہر نکلتا۔ یہ ہمت تو صرف جارج ہی میں تھی۔ جارج جو اپنی پارٹی کا لیڈر تھا اور امریکا سے افریقہ تک محض پارس پتھر حاصل کرنے کے لئے آیا تھا۔

ایک بہت بڑا خاکی رنگ کا خیمہ تھا جس میں اس وقت جارج اپنے تین ساتھیوں کے ساتھ بیٹھا ہوا تھا۔ خیمہ طوفان کی وجہ سے اس طرح ہل رہا تھا جیسے کہ اب اُڑ جانے گا ہوا میں۔ مگر میخیں اتنی مضبوطی سے زمین میں گڑی ہوئی تھیں کہ طوفانی ہوائیں چیختی چلاتی آتیں اور خیمے کی دیواروں سے سر ٹکرا کر واپس مُڑ جاتیں۔ جارج کے تینوں ساتھی تھے تو بہت بہادر مگر یہ سنسان جگہ، طوفانی ہوا، موسلا دھار بارش، خوفناک آوازیں اِن سب نے مل کر اُنہیں خوف زدہ کر دیا تھا۔ ذرا سا بھی پتہ کھڑکتا یا ہلکی سی بھی کوئی آواز آتی، وہ تینوں چوکنے ہو کر اِدھر اُدھر دیکھنے لگتے۔ البتہ جارج خاموش بیٹھا اپنا پائپ پی رہا تھا۔ تین دن ہو چکے تھے اِن لوگوں کو افریقہ کے اِس ہولناک جنگل میں داخل ہوئے، مگر ابھی تک وہ اپنی منزلِ مقصود تک نہیں پہنچ سکے تھے۔ پہنچتے بھی کیسے

اُن تینوں کو یہ معلوم ہی نہ تھا کہ اُن کی منزل کہاں ہے؟ ابھی تک جارج نے انہیں ایک غلط فہمی میں ہی مبتلا رکھا تھا کہ افریقہ کے ساکی نام کے علاقے میں جو ہاتھی پائے جاتے ہیں اُن کے دانتوں میں سونا بھرا ہوا ہوتا ہے۔ یہ سونا افریقہ کے جاہل اور وحشی آدمی ان کھوکھلے دانتوں میں اُس وقت بھر دیتے ہیں جب اُن کے ہاں کوئی خوشی ہوتی ہے۔ یہ بات تھی بالکل غلط مگر جارج ان تین آدمیوں کو اسی سونے کا لالچ دے کر اپنے ساتھ لایا تھا۔ لیکن حقیقت کیا تھی؟ اس کا حال صرف جارج کو ہی معلوم تھا۔

بارش اور طوفان کا زور کچھ کم ہوا تو ڈیوڈ نے بجھی ہوئی مشعل دوبارہ جلائی۔ ٹام اور جیک بھیگے ہوئے بستروں کو ٹھیک کرنے لگے اور جارج بدستور بیٹھا ہوا پائپ پیتا رہا۔ بستر صاف کرنے کے بعد جیک نے اپنی بندوق نکالی اور اُس میں کارتوس رکھنے لگا۔ ٹام اور ڈیوڈ ابھی بستروں پر بیٹھے بھی نہیں تھے کہ یکایک جیک نے بندوق کا

رخ جارج کی طرف کر دیا اور خوفناک آواز میں گھبرا کر بولا " خبردار ——— اپنی جگہ سے ہلنا مت!"

جارج اسی طرح بیٹھا رہا۔ البتہ اُس کے چہرے پر حیرت اور پریشانی کے آثار پیدا ہو گئے۔ اور اُس وقت تو وہ اچھل ہی پڑا جب کہ جیک کی بندوق سے ایک شعلہ نکلا۔ جارج سمجھا تھا کہ بس اب خاتمہ ہے لیکن فوراً ہی ایک چار من کا بہت لمبا اور موٹا اژدہا اُس کے سامنے چھت پر سے گر کر تڑپنے لگا ——— جیک نے اصل میں جارج کی جان بچائی تھی! کچھ دیر تک تو سب پر خوف و ہراس طاری رہا۔ بارش کی ٹپ ٹپ اور جنگلی ٹڈوں کا شور گونجتا رہا۔ آخر ان ناگوار آوازوں کا اثر دور کرنے کے لئے جارج نے پائپ دوبارہ جلاتے ہوئے کہا۔

"میں تمہارا شکر گزار ہوں جیک"

"شکریہ کی کوئی بات نہیں جارج" جیک نے آہستہ سے کہا۔ "لیکن اگر تم برا نہ مانو تو ہم تینوں تم سے کچھ پوچھنا چاہتے ہیں۔"

"میں جانتا ہوں کہ تم کیا پوچھو گے"، جارج نے جواب دیا۔ "آج میں تمہیں سب کچھ بتا دوں گا۔ میں نے اب تک اصل میں تم سب کو ایک فرضی کہانی سنائی ہے۔"

"کیا ــــ؟" وہ تینوں ایک دم چونک اُٹھے۔

"ہاں بالکل فرضی کہانی ـــ ہاتھیوں کے دانتوں میں سونا نہیں بھرا جاتا میرے دوستو، بلکہ ہم یہاں اُس چیز کو تلاش کرنے آئے ہیں جس کو کسی بھی چیز سے چھوانے پر وہ چیز خود سونا بن جاتی ہے۔ یعنی پارس پتھر"

"پارس پتھر!" اُن تینوں نے حیرت سے ایک ساتھ کہا۔

"ہاں پارس پتھر" جارج نے جواب دیا "ہم امریکا سے صرف اسی پتھر کی تلاش میں یہاں تک آئے ہیں۔ تمہیں سُن کر شاید تعجب ہوگا کہ اس ہولناک جنگل کے جنوبی کونے میں ایک نا معلوم مقام ہے۔ جہاں آج تک کوئی بھی نہ پہنچ سکا۔ وہاں صرف قسمت والے ہی جا سکتے ہیں۔ اور خدا نے اگر ہماری قسمت اچھی بنائی ہے تو ہم ضرور وہاں پہنچیں گے۔

"اُس مقام پر کیا ہے؟" ڈیوڈ نے دریافت کیا۔

"اُس مقام پر ایک قوم رہتی ہے جس کا نام ٹاکوناجی ہے۔ اِس قوم کو قوسِ قزح کے دیوتا بھی کہا جاتا ہے۔ بارش کے بعد آسمان پر جو رنگین اور سات مختلف رنگوں والی تیر کمان یا قوسِ قزح نظر آتی ہے۔ اس کے خوش نما رنگ اصل میں اُسی قوم کے سات آدمیوں کے جسموں میں سے نکل کر آسمان پر جاتے ہیں۔ مطلب یہ کہ یہ قوسِ قزح اُن سات آدمیوں کی بنائی ہوئی ہوتی ہے۔ اسی لئے اُنھیں قوسِ قزح کے دیوتا کہا جاتا ہے۔"

"عجیب بات ہے!" تینوں نے ایک ساتھ مل کر کہا۔

"عجیب بھی اور حیرت انگیز بھی۔" جارج نے پھر کہنا شروع کیا۔ "ان سات آدمیوں میں چھے مرد ہیں اور ایک عورت۔ کیماتی نام کا آدمی اُن سب کا سردار ہے اور اُس کے جسم کا رنگ اودا ہے۔ باقیوں کا سُرخ، زرد، نارنجی، نیلا، سبز اور سبزی مائل نیلا ہے۔ عورت کا نام جاشی ہے اور وہ سب بڑے پیار ومحبت سے وہاں رہتے ہیں۔ ان کے متعلق مشہور ہے کہ اگر اُن ساتوں کو کسی

خاص طریقے سے مار دیا جائے اور اُن کی آنکھیں نکال کر ایک صاف برتن میں رکھ دی جائیں۔ اور پھر جب سورج نکلے تو ان ساتوں کی چودہ آنکھوں پر جنگلی کنہیر کے پھول رکھ کر، سورج کی پہلی کرن اُن پر پڑنے دی جائے تو وہ آنکھیں خودبخود پارس پتھر بن جائیں گی"

یہ عجیب وغریب کہانی سُن کر جارج کے تینوں ساتھی حیرت سے ایک دوسرے کو دیکھنے لگے۔ اُن کی شکلوں سے ظاہر ہوتا تھا کہ اُنہیں اس حیرت ناک کہانی پر مطلق یقین نہیں ہے۔ دنیا جانتی ہے کہ قوسِ قزح اصل میں بارش کے بعد دھوپ نکلنے پر پیدا ہوتی ہے۔ سورج کی کرنیں جب پانی کے قطروں میں سے گذرتی ہیں تو سات رنگوں میں پھوٹ کر نکلتی ہیں۔ مگر یہ عجیب اور حیرت ناک کہانی! بھلا کس کو یقین آئے گا؟ بڑی دیر تک تو وہ تینوں اسی طرح حیرت سے ایک دوسرے کو دیکھتے رہے۔ آخر جیک نے زبان کھولی۔

"جارج سچ مانو تو ہمیں اس من گھڑت کہانی پر ذرا بھی اعتبار نہیں ہے۔"

"اسی لئے تو میں نے یہ کہانی تمہیں نیویارک میں نہیں سنائی۔ وہاں سنا دیتا تو تم

میرے ساتھ یہاں تک کیسے آتے۔ تمہیں ہی کیا میں نے کسی کو بھی یہ کہانی نہیں سنائی۔ سب مجھے پاگل سمجھتے۔ لیکن میں پاگل نہیں ہوں۔ اپنے ہوش و حواس میں ہوں۔ ٹاکوناجی قوم کے ایک مذہبی رہنما نے یہ عجیب داستان مجھے سنائی تھی۔ اس مذہبی رہنما کو اُس کی قوم نے ذلیل و خوار کر کے اپنے علاقے سے باہر نکال دیا تھا اور بھاگ کر اُس نے میرے ہاں پناہ لی تھی۔ اُسی کی زبانی مجھے اس انوکھے راز کا پتہ چلا۔ ویسے تمہیں یقین دلانے کے لئے میں تمہیں ایک چیز دکھاتا ہوں" یہ کہہ کر جارج نے اپنی جیب سے کسی فوٹو کمپنی کا ایک لفافہ نکالا اور اُس میں سے ایک تصویر نکال کر اُن تینوں کی طرف بڑھائی۔ ڈیوڈ نے جھپٹ کر تصویر لے لی۔ تصویر کو غور سے دیکھنے کے بعد وہ تینوں اس طرح بیٹھ گئے، جیسے کسی سانپ نے انہیں سونگھ لیا ہو! اُن کی اِس حیرت کو دور کرنے کے لئے جارج نے پھر کہنا شروع کیا۔

"ایکٹا کروم فلم پر یہ تصویر میرے ایک مرحوم دوست نے ٹاکوناجی قوم کی بنائی تھی۔ اپنے ہیلی کوپٹر پر وہ افریقہ کے جنگلات میں دوڑتے ہوئے درندوں کی تصویریں

لینے گیا تھا۔ وہاں کے عجائبات کی تصویریں کھینچنے کے لیے اُس نے ہزاروں میل کا سفر طے کیا تھا۔ اُس کے کیمرے میں اس وقت ایکٹا کروم یعنی قدرتی رنگوں والی فلم پڑی ہوئی تھی۔ جب اُس کا ہیلی کوپٹر اس قوم کے لوگوں پر سے گذرا تو وہ حیرت اور اچھنبے سے اُسے دیکھنے لگے۔ میرے دوست نے اپنی زندگی میں ایسے رنگ برنگے انسان کبھی نہ دیکھے تھے۔ اُس نے جھٹ سے ان لوگوں کی ایک تصویر کھینچ لی۔ تم دیکھ ہی سکتے ہو کہ اس تصویر میں ساتوں رنگوں کے انسان صاف نظر آ رہے ہیں۔ شیر کی کھال اوڑھے ہوا آدمی کیماتی اُن کا سردار ہے اور اس کے برابر میں کھڑی ہوئی لڑکی جاشی ہے۔ کہو اب تو تمہیں میری باتوں کا یقین آیا؟"

"ممکن ہے یہ باتیں ٹھیک ہوں" جیک نے کہا "جب ہم اپنی آنکھوں سے یہ عجوبہ دیکھ لیں گے تو ہمیں یقین آ جائے گا۔"

"اور اب وہ وقت دور نہیں ہے" جارج جلدی سے بولا "بارش صبح تک ضرور رُک جائے گی۔ صبح ہوتے ہی ہم لوگ اپنی منزل کی طرف

روانہ ہو جائیں گے. گو ہم یہ بالکل نہیں جانتے کہ ٹاکوناجی قوم کس جگہ آباد ہے لیکن ڈھونڈنے سے تو خدا مل جاتا ہے. وہ تو پھر انسان ہیں"۔

"رنگین انسان کہیئے"۔ ڈیوڈ نے ہنس کر کہا۔

باقی سب لوگ بھی ہنسنے لگے اور پھر جلد ہی اپنے اپنے بستروں پر لیٹ گئے بستر گیلے تھے اس لئے نیند بڑی مشکل سے آئی ۔ اس وقت تو وہ چین کی نیند سو رہے تھے مگر کاش وہ جان سکتے کہ آگے کیا ہونے والا ہے!

صبح ہوئی۔ مختلف جانوروں کی آوازوں نے اُنہیں جگایا آنکھیں ملتے ہوئے وہ اُٹھے اور جلدی ہی خیمے سے باہر آئے ۔ اُن کے چار حبشی نوکروں کا خیمہ بھی برابر ہی لگا ہوا تھا۔ جارج کی آواز سن کر چاروں حبشی باہر نکل آئے اور اپنی عجیب سی بولی میں اُسے سلام کیا۔ صرف جارج ہی یہ زبان سمجھتا تھا اس لئے اُس نے اِس سلام کا جواب دیتے ہوئے کہا۔

"ماشر یہاں آؤ" یہ سنتے ہی اُن حبشیوں میں سے ایک نے آگے قدم بڑھایا جب وہ قریب آگیا تو جارج نے پوچھا۔

"تمہارے خیال میں راستہ بہت زیادہ خراب تو نہیں ہو گیا ہو گا؟"

"ہو گیا ہو گا سرکار" ماشر نے جواب دیا: "نشیبی علاقوں میں رات کی بارش کی وجہ سے دلدل پیدا ہو گئی ہو گی اور جگہ جگہ گڑھوں میں پانی بھرا ہوا ہو گا۔"

"تو پھر ہم کیسے وہاں تک جا سکیں گے؟"

"ہاتھیوں کے ریوڑ کے قریب حضور!—— وہاں تو ہم . . . ."

"ہشت!" جارج نے ہنس کر کہا۔ "وہاں کون جاتا ہے۔ تم اب تک یہی سمجھ رہے ہو کہ ہمیں ہاتھیوں کی تلاش ہے!"

"پھر کس کی ہے——؟" ماشر اور اُس کے ساتھیوں کا منہ حیرت سے کھلا رہ گیا۔ جارج نے ڈیوڈ، جیک اور ٹام کو دیکھا۔ وہ تینوں یہ نیگرو زبان تو نہیں سمجھ سکتے تھے مگر دلچسپی سے ان حبشیوں کے موٹے موٹے ہونٹ ہلتے ہوئے دیکھ رہے تھے۔ جارج نے ہنستے ہوئے ماشر سے کہا۔

"ہمیں ٹاکوناجی قبیلے کی تلاش ہے ماشر۔ وہی رنگین قبیلہ۔ جس کے ساتوں آدمی سات مختلف رنگوں کے ہیں۔"

جارج کی زبان سے یہ سنتے ہی وہ چاروں حبشی خوف کی وجہ سے کپکپانے لگے اُن کے منھ سے عجیب عجیب آوازیں نکلنے لگیں، اور اُن کی آنکھوں میں ایک ڈراؤنی چمک پیدا ہوگئی۔ بڑی دیر کے بعد ماشر کی حالت درست ہوئی "حضور ــــ" وہ آہستہ سے کہنے لگا۔ "کس چکر میں پڑے ہیں آپ؟ بھول کر بھی اُس قبیلے کا رخ مت کیجئے گا۔ وہ انسان نہیں بلکہ ناپاک روحیں ہیں۔ انہوں نے شیطان سے جادو کے رنگ مانگ کر اپنے جسموں پر مل لئے ہیں اور ان جادو کے رنگوں میں عجیب تاثیر ہے۔ یہ موت کے رنگ ہیں" یہ کہہ کر وہ پھر لرزنے لگا۔ جارج نے یہ تمام باتیں اپنے تینوں ساتھیوں کو انگریزی میں بتائیں۔ وہ چونکہ ایسی باتوں پر یقین نہ رکھتے تھے اس لئے مسکرانے لگے۔

"کانپو مت" جارج نے چلا کر کہا "ٹھیک ٹھیک بتاؤ وہ لوگ کہاں رہتے ہیں؟"

"میری توبہ" ماشر نے کانوں پر ہاتھ رکھا "میں تو اُس منحوس قوم کا نام بھی نہیں لینا چاہتا تھا مگر آپ مجبور کر رہے ہیں۔ دیوتا میری حفاظت کریں" یہ کہہ کر وہ

زمین پر جھکا۔ دو تین مرتبہ آسمان کی طرف ہاتھ اُٹھائے اور پھر ان ہاتھوں کو زمین پر مار کر پھر کھڑا ہو گیا۔

"میں آپ سے کہہ رہا ہوں کہ وہ رنگ موت کے رنگ ہیں۔ اُن کے متعلق یہ کہانی مشہور ہے کہ آپ جس رنگ کے آدمی کو مار ڈالیں گے۔ وہی رنگ آپ کی جان لے لے گا۔ سُرخ آدمی کو ماریں گے تو سرخ رنگ آپ کو مار ڈالے گا۔ نیلے آدمی کی جان لیں گے تو نیلا رنگ آپ کو زندہ نہ چھوڑے گا۔ یہ بالکل سچ بات ہے حضور"

"کیا بے ہودہ باتیں ہیں" جارج نے جھنجھلا کر کہا "میں اِن من گھڑت باتوں پر یقین نہیں رکھتا۔ شاید تمہیں معلوم نہیں کہ ہم ان ساتوں ہی کو مارنے کے لئے امریکا سے آئے ہیں۔ ہمیں ان کی آنکھیں چاہئیں آنکھیں — سمجھے! — ہمیں ان آنکھوں سے پارس پتھر بنانا ہے"

"آپ — آپ اُنہیں ماریں گے!" ماشر خوف کی وجہ سے دو قدم پیچھے ہٹ گیا، "آپ اُن کی جان لیں گے اُف پھر تو ہماری بھی خیر نہیں ہم بھی

آپ ہی کے ساتھ ہیں دیوتا ؤ سن رہے ہو ؟" وہ پھر اپنے ہاتھ آسمان کی طرف اُٹھا کر چیخا۔

"خاموش ــــ یہ بکواس میرے سامنے ہرگز نہ چلے گی۔ جو میں کہتا ہوں وہی کرو۔ اگر کسی نے بھی چلنے سے انکار کیا تو تم جانتے ہی ہو اُس کا کیا حشر ہوگا۔ میری بندوق میں ہر وقت کارتوس بھرے رہتے ہیں سمجھے۔ اب سب سامان اُٹھا کر چلنے کے لئے تیار ہو جاؤ"

ماشر اور دوسرے حبشیوں نے سہمے ہوئے انداز میں گردن ہلائی۔ اور پھر جلدی جلدی خیمے اُکھاڑنے لگے۔ ساتھ ہی ساتھ وہ منہ ہی منہ میں کچھ بڑ بڑاتے بھی جا رہے تھے۔ جلد ہی اُنہوں نے تمام سامان باندھ کر اپنے سروں پر اُٹھا لیا اور یہ مختصر سا قافلہ جنگل کے اندر پھر آہستہ آہستہ روانہ ہوا۔ آگے آگے جارج تھا۔ اُس کے پیچھے ٹام، ڈیوڈ اور جیک اور جیک کے پیچھے چاروں حبشی۔ جوں جوں وہ آگے بڑھتے جاتے جنگل اور زیادہ گھنا اور تاریک ہوتا جاتا تھا۔ بعض جگہیں تو ایسی آجاتیں کہ دن نکلنے کے باوجود بھی

ہاتھ کو ہاتھ سجھائی نہ دیتا تھا۔ کئی جگہ تو وہ لوگ گڑھوں میں گر گر پڑے ــــــ دلدلیں اتنی تھیں کہ قدم قدم پر وہ دلدل میں دھنس جاتے۔ مگر رسّیاں ساتھ تھیں دوسرے فوراً دلدل میں پھنسے ہوتے ساتھی کو ان کی مدد سے نکال لیتے۔ جنگلی جانوروں اور پرندوں کی آوازوں نے جنگل کو اور بھیانک بنا دیا تھا۔ سانپ تو اس قدر تھے کہ چار چار پانچ پانچ گز کے بعد انہیں ایک سانپ ضرور مل جاتا تھا۔ جسے یا تو وہ مار دیتے تھے یا پھر بچ کر نکل جاتے۔ خوفناک قسم کے گرگٹ اور نرالی قسم کی چھپکلیاں ادھر سے اُدھر پھُدکتی پھر رہی تھیں۔ جارج بڑے ہی دل گُردے والا انسان تھا اس لئے ہر تکلیف اور ہر مصیبت کو برداشت کرتا ہوا آگے ہی آگے بڑھتا چلا جا رہا تھا۔ اب چلتے چلتے آدھا دن گذر چکا تھا۔ اور اتنا وقت گذر جانے کے باوجود بھی وہ ٹاکوناجی قبیلے کا سراغ نہ پا سکے تھے۔ اسی طرح شام بھی آگئی اور تب ایک بڑا ہی پُرشور دریا انہیں اپنے سامنے بہتا ہوا نظر آیا۔ اس دریا کو دیکھ کر چاروں حبشی مزدوروں نے ایک خوفناک قسم کا گانا شروع کر دیا۔

اس گانے کے بول صرف جارج سمجھ رہا تھا اور وہ بول یہ تھے۔

"اے افریقہ کے دیوتا دریا۔ تو بڑی تیزی سے بہتا ہے
تیرا رنگ خون کی طرح سُرخ ہے۔ تو بہت سے نوجوانوں
کی بھینٹ لے لیتا ہے۔ ہم کبھی تجھ میں نہ اتریں گے۔ تیرے
پاک پانی پر ہم اپنے گندے جسم ہرگز نہ ڈالیں گے۔ اے
سرخ دریا کے دیوتا ــــ ہماری نگرانی کر ــــ"

"خاموش رہو" جارج بُری طرح چیخا "کیا بکواس شروع کردی ہے تم نے یہ دریا بھی تمہارا دیوتا ہے! بے وقوفو! یہ سرخ رنگ کا پانی تمہیں اس لئے نظر آتا ہے کہ دریا کے نیچے کی زمین سرخ ہے۔ اس میں نوجوانوں کا خون نہیں بہ رہا سمجھے ــــ آؤ اب اس میں اترو۔"

جارج اور اس کے ساتھی تو دریا میں اُتر چکے تھے۔ مگر وہ چاروں حبشی اترتے ہوئے جھجک رہے تھے۔ جارج کے چلّانے پر مجبوراً انہوں نے ڈرتے ڈرتے اپنا پیر پانی میں ڈال دیا۔ یہ دیکھ کر جارج مطمئن ہوگیا

اور تیز پانی کی دھار کو کاٹتا ہوا آہستہ آہستہ آگے بڑھنے لگا۔۔۔۔۔ کچھ ہی دیر کے بعد وہ دریا پار کرکے دوسرے کنارے پر جا پہنچا۔ اس کے تینوں ساتھی بھی اُس کے پیچھے وہاں پہنچ گئے۔ مگر اب جو جارج نے غور سے دیکھا تو معلوم ہوا کہ حبشی تمام سامان پہلے کنارے پر چھوڑ کر بُری طرح واپس بھاگ رہے ہیں۔ جارج نے اس کنارے پر سے بہتیری آوازیں دیں۔ اُس نے گولی بھی چلائی مگر اُن بھاگتے ہوئے حبشیوں میں سے ایک بھی نہ رُکا۔ وہ سب اتنے خوف زدہ تھے جیسے اُن کی موت انہیں کھڑی بلا رہی ہو۔ ان میں سے ایک نے بھی پیچھے مُڑ کر نہ دیکھا۔

جارج کو پہلی بار یہ دیکھ کر بڑا افسوس اور نا امیدی ہوئی۔ ان حبشی مزدوروں سے اُسے بہت فائدہ تھا۔ مگر اب وہ بھی بھاگ گئے۔ دریا کا پانی اس قدر تیزی سے بہہ رہا تھا کہ اب کسی میں وہ سامان اٹھا کر لانے کی ہمت نہ تھی۔ مجبوراً یہ سوچ کر کہ واپسی میں یہ سامان اسی طرح یہاں رکھا ہوا ملے گا۔ وہ لوگ اپنے کپڑے نچوڑنے لگے۔ اُن کی پیٹیوں میں ابھی

کافی کارتوس باقی تھے اس لئے زیادہ گھبرانے کی کوئی بات بھی نہ تھی۔ جبشی ایک قسم کے رہبر تھے اور اب وہ بھاگ چکے تھے، بس یہی بات کچھ تکلیف دے رہی تھی۔

تازہ دم ہونے کے بعد ان چاروں نے اپنا سفر پھر شروع کیا۔ جنگل اس دریا کے بعد اور بھی بھیانک ہو گیا تھا۔ پہلی بار اُن کی اس جنگل میں ایک تیز دانت والے سوّر سے مڈبھیڑ ہوئی۔ بندوق کی گولی کے آگے اس سوّر کی بھلا کیا چلتی۔ وہ ایک ہی گولی کھا کر ڈھیر ہو گیا۔ اس جگہ پہنچ کر جہاں جارج کو خطرے کا احساس ہوا وہاں یہ امید بھی پیدا ہوئی کہ وہ رنگین لوگ اب آس پاس ہی موجود ہوں گے۔ ٹاکوناجی قوم کے نکالے ہوئے مذہبی رہنما نے نیویارک میں جارج کو یہ بات بتائی تھی کہ خونی دریا کے بعد ہی کسی خطرناک حصّے میں وہ قوم رہتی ہے۔ اور اس پیش گوئی کے مطابق خونی دریا بھی آچکا تھا اور خطرناک حصہ بھی۔ خوشی اور کامیابی کے احساس کی وجہ سے جارج کا چہرہ چمکنے لگا۔ اس کے بقیہ ساتھیوں کے داڑھی

کے بال اب آہستہ آہستہ بڑھنے لگے تھے۔ کیوں کہ عرصے سے انہوں نے حجامت نہیں کی تھی اس لیے اُن کی شکلیں اور ڈراؤنی ہو گئی تھیں۔

راستے میں پڑی ہوئی لمبی لمبی شاخوں کو تیز درانتی سے کاٹتے ہوئے اور جنگلی پھولوں میں لگے ہوئے زہریلے کانٹوں سے بچتے ہوئے آخر کار یہ لوگ ایک سر سبز اور شاداب وادی میں پہنچ گئے۔ اس وادی میں ایک عجیب قسم کا پُر اسرار سکون چھایا ہوا تھا۔ کوئی آواز نہ تھی۔ ہر طرف خاموشی ہی خاموشی تھی۔ انسان تو انسان جانور بھی کہیں نظر نہ آتے تھے۔ جارج کا ماتھا ٹھنکا۔ ہو نہ ہو یہی وہ جگہ ہے جہاں ٹاکوناجی قوم کے رنگین مالنسان رہتے ہیں! اُس نے دل میں سوچی ہوئی یہ بات اپنے ساتھیوں کو بھی بتائی اور یہ سُن کر اُن کے چہرے بھی خوشی سے چمکنے لگے۔

بلی کی طرح سے دبے دبے پاؤں رکھتے ہوئے وہ چاروں آہستہ آہستہ آگے بڑھنے لگے۔ کھیت پار کرنے کے بعد انہیں بہت ہی خوب صورت اور سات رنگوں والی جھونپڑیاں نظر آئیں۔ شام ہونے لگی تھی اور اب

آسمان پر شفق پھولنے لگی تھی۔ ساتھ ہی سات رنگوں والی قوسِ قزح اُن جھونپڑیوں میں سے نکل کر آسمان کے اِس سرے سے اُس سرے تک پھیلی ہوئی دکھائی دیتی تھی۔ جارج کو یہ دیکھ کر بہت خوشی ہوئی۔ جن کے لئے اُس نے اتنا لمبا سفر اختیار کیا تھا وہ اب بہت ہی قریب رہ گئے تھے۔ جارج نے سوچا کہ اُنہیں جو کچھ کرنا ہے ابھی کرنا چاہیئے۔ کیوں کہ اندھیرا ہو جانے پر وہ اُن رنگین انسانوں کو قابو میں نہ کر سکیں گے۔ اس لئے اشارے سے اپنے تینوں ساتھیوں کو جلدی جلدی چلنے کو کہا۔ اب وہ لوگ جھونپڑیوں کے بالکل قریب پہنچ چکے تھے۔ یہاں پر انہیں کسی عورت کے بہت ہی پیارے گانے کی آواز سنائی دی۔ یہ آواز جھونپڑیوں کے پیچھے سے آرہی تھی اور یقیناً جاشی کی معلوم ہوتی تھی۔ جارج نے سُن رکھا تھا کہ جاشی کا رنگ سورج کی پہلی کرنوں کی طرح سُرخ ہے۔ اور وہ بہت خوب صورت بھی ہے۔ جارج کو تمنا تھی کہ وہ جلد سے جلد جاشی کو دیکھے یہاں پہنچ کر یہ لوگ فوراً زمین پر لیٹ گئے اور پیٹ کے بل سانپ کی

طرح رینگتے ہوئے آگے بڑھنے لگے۔

گانا برابر جاری تھا۔ جاشی چھبیوں آدمیوں کے درمیان کھڑی ہوئی ناچ رہی تھی اور وہ سب ناچ کے ساتھ تالیاں بجا رہے تھے۔ ان کے سروں پر ایک بہت ہی خوب صورت اور بڑا سات رنگوں والا طوطا ایک پنجرے میں لٹک رہا تھا۔ یہ طوطا درحقیقت ان قوسِ قزح کے دیوتاؤں کا دیوتا تھا اور وہ اُس کی پوجا کیا کرتے تھے۔ جاشی بڑے وحشیانہ انداز میں ناچ رہی تھی اور اُسے ناچتے ہوئے اب جارج بھی ایک جھاڑی کی اوٹ میں سے دیکھ رہا تھا۔ جاشی کو دیکھ کر چند لمحوں کے لئے وہ بالکل پتھر کا بُت بن کر رہ گیا۔ سر سے پاؤں تک وہ بالکل سُرخ تھی، بس اُس کے بال کالے تھے۔ اس کے چاروں طرف بیٹھے ہوئے آدمی مختلف رنگوں کے تھے۔ نیلے پیلے، جامنی سبز اور ایسے ہی دوسرے رنگوں کے۔ جارج کے ساتھ ہی اُس کے تینوں ساتھی بھی حیرت سے آنکھیں پھاڑے اُنہیں دیکھ رہے تھے۔ بڑی دیر کے بعد جب وہ عجیب ناچ ختم ہوا تو جارج کو ہوش آیا۔ رنگین انسان

اب اُس سے چند ہی قدم کے فاصلے پر تھے۔ وہ بندوق کا گھوڑا چڑھا کر اچانک کھڑا ہو گیا اور جھاڑیوں کو روندتا ہوا آگے بڑھنے لگا۔ اُس کے کھڑے ہوتے ہی طوطے نے زور کی ایک چیخ ماری اور کیماتی نے فوراً جھاڑیوں کی طرف دیکھا۔ جارج اپنی بندوق سنبھالے جلدی جلدی اُن کی طرف بڑھ رہا تھا۔ اُس کے پیچھے اُس کے تینوں ساتھی تھے۔ جانٹی یہ دیکھ کر ڈر گئی اور دوڑ کر کیماتی سے جا کر لپٹ گئی ساتھ ہی کہنے لگی۔

"کیماتی ــــ یہ کون لوگ ہیں!"

"یہ ہمارے دشمن ہیں جو سانپ کی سی مکاری سے ہم پر حملہ کرنے بڑھ رہے ہیں۔" کیماتی نے جواب دیا "مگر تم ڈرو نہیں جانٹی، میری یہ لمبی درانتی اُن کے سروں کو کچے کھیرے کی طرح کاٹ کے رکھ دے گی"

یہ کہہ کر وہ آگے بڑھنے ہی والا تھا کہ جارج، جو کہ حبشی زبان سمجھتا تھا بندوق اُس کی طرف کر کے کہنے لگا "اس بھلاوے میں مت رہنا۔ تمہاری یہ درانتی میرے سر پر پڑنے سے پہلے ہی تم مر جاؤ گے۔ یہ بندوق

دیکھتے ہو۔ یہ دور ہی سے انسان کو ختم کر دیتی ہے۔"

"بھاگ جاؤ۔ بھاگ جاؤ۔ ورنہ دیوتا کا عذاب تم پر نازل ہوگا۔" کیماتی نے غصے کی وجہ سے لرزتے ہوئے کہا۔ اس کے جسم کا اودا رنگ آہستہ آہستہ سرخی مائل ہونے لگا۔ مگر یہ حالت دیکھ کر جارج بھاگا نہیں بلکہ وہیں کھڑا رہا۔ کیماتی سے اب برداشت نہ ہو سکا اور وہ درانتی لے کر جارج پر جھپٹا۔ تڑ۔ تڑ۔ دو آوازیں آئیں اور کیماتی زمین پر گر کر تڑپنے لگا۔ جاآشی تیزی سے بھاگی ہوئی آئی اور کیماتی کے سینے پر گر پڑی۔ کیماتی کے باقی ساتھیوں نے بھی اچانک حملہ کر دیا۔ اور اس حملے میں اُن کا ہی نقصان زیادہ ہوا۔ یعنی ٹام کی گولی سے نیلے رنگ کا آدمی۔ ڈیوڈ کی گولی سے نارنجی رنگ کا آدمی اور جیک کی گولی سے زرد رنگ کا آدمی مر گیا۔ یہ حالت دیکھ کر بقیہ دو آدمیوں نے بھاگنا چاہا مگر جارج کی گولیوں نے انہیں بھی زمین پر لٹا دیا۔ اب صرف جاآشی باقی رہ گئی اور وہ غریب کیماتی کے سینے پر سر رکھے رو رہی تھی۔

"اُٹھو لڑکی" جارج نے کہنا شروع کیا "یہ واویلا چھوڑدو۔ ہم تمہیں ابھی نہیں ماریں گے۔ بلکہ اگر تم کوئی ایسا طریقہ بتادو کہ تمہاری آنکھیں نکالے بغیر ہمارا کام چل جائے تو پھر ہم تمہیں زندہ حالت میں اپنے ساتھ امریکہ لے چلیں گے۔"

"تم لالچی ہو۔ گیدڑ کہیں کے۔ مجھے بھی مار ڈالو" جاشی نفرت بھری ہوئی آواز میں بولی۔

"ہاہاہا۔ تم جیسی خوب صورت لڑکی کو مارنے کی کس میں ہمت ہے؟" جارج نے ایک بھیانک قہقہہ لگا کر جواب دیا۔ "لیکن تم مروگی ضرور۔ آخر تمہاری آنکھوں کی تو ہمیں ضرورت ہے نا۔ ہمارا ارادہ ہے کہ تمہیں کل صبح مارا جائے۔ اتنے عرصے تک تم ہماری خدمت کروگی اور ہمارے لئے کھانا تیار کروگی ——— سمجھیں؟"

بجائے اس کے کہ لڑکی کچھ جواب دیتی۔ ٹام بُری طرح چیخا۔

"دیکھو ——— دیکھو جارج یہ سب رنگ بدل رہے ہیں!"

سب نے جلدی سے اُن مُردہ رنگیں انسانوں کو دیکھا۔ واقعی وہ اب مرنے کے بعد رنگ بدل رہے تھے۔ اُن کے جسموں پر جو رنگ تھے وہ غائب ہوتے جا رہے تھے اور اب صرف اُن کا سیاہ جسم نیچے سے جھلک رہا تھا۔ ایک لمحہ کے لئے تو جارج کو بھی تعجب ہوا۔ مگر پھر اُس نے اپنے ساتھیوں کو اندر جھونپڑیوں میں چلنے کے لئے کہا۔ جھونپڑیوں میں جا کر وہ سب بھونچکے رہ گئے۔ جھونپڑی کے اندر کی ہر چیز ٹھوس سونے کی تھی اور اس طرح ان ساتوں جھونپڑیوں میں اتنا سونا تھا کہ اُس سے پوری دنیا خریدی جا سکتی تھی۔ جارج خوشی سے پاگل ہوا اٹھا جاشی کا ہاتھ چھوڑ کر وہ بُری طرح ناچنے اور کودنے لگا جاشی الگ کونے میں کھڑی ہوئی اُس کی یہ وحشیانہ حرکتیں دیکھتی رہی۔ بہت جلدی جارج نے اپنی حالت پر قابو پا لیا اور پھر اپنے ساتھیوں سے کہنے لگا۔

”چھے کے چھے آدمیوں کی آنکھیں نکال لو۔ اور آنکھیں نکالنے کے بعد انہیں مٹی کے اس برتن میں رکھ کر میرے پاس لاؤ“

”نہیں نہیں“، جاشی چیخی ”میرے کیماتی کی آنکھیں مت نکالنا“

جارج کے ساتھی لڑکی کی چیخ سن کر رک گئے تھے مگر جارج نے حکم دیا "جاؤ!" "ذلیل کتو ۔۔۔ یاد رکھو تم میں سے ایک ایک مرجائے گا ۔ ہمارا ہر رنگ تم سے بہت ہی خوفناک انتقام لے گا ۔ باز آجاؤ ۔ اب بھی باز آجاؤ" جاشی نے کہا جارج یہ سن کر ہنستا رہا ۔ جاشی چیختی رہی اور آخر چیختے چیختے بے ہوش ہو گئی ۔

وہ رات اُن چاروں نے اُن ہی جھونپڑیوں میں گذاری ۔ اور جب صبح ہوئی تو وہ جھونپڑیوں سے باہر آئے ۔ ٹام کے ہاتھوں میں مٹی کا وہ برتن تھا جس میں چھ رنگین آدمیوں کی آنکھیں رکھی تھیں ۔ سورج ابھی نہیں نکلا تھا اس لئے جارج نے جیک سے کہا کہ وہ جاکر جاشی کو لے آئے ۔ جاشی کو اُس نے اپنی جھونپڑی میں باندھ کر ڈال رکھا تھا ۔ جیک یہ حکم پاکر اس جھونپڑی کی طرف چل پڑا اِدھر جارج سوچنے لگا کہ جاشی کو کس طرح مارے! ایک حسین عورت کو اپنے ہاتھوں سے مارنا کتنی بزدلی کی بات ہے! مگر صرف اسی کی آنکھیں حاصل کرنا اور باقی رہ گئی تھیں ۔ آنکھوں کے بعد ہی جب اُسے پارس پتھر کا خیال آیا تو اُس نے پکا ارادہ کرلیا کہ جاشی کے آتے ہی اُسے فوراً مار ڈالے گا

تاکہ اُس کا ارادہ تبدیل نہ ہو سکے۔

"جارج ـــ جارج وہ وہاں نہیں ہے"، یکایک جیک نے جھونپڑی سے باہر نکل کر چیختے ہوئے کہا۔ اور یہ سنتے ہی جارج کے ہاتھوں کے طوطے اُڑ گئے اُس نے سب کو حکم دیا کہ وہ جاشی کو تلاش کریں اور پھر خود بھی ہر جھونپڑی اور جھاڑی میں اُسے تلاش کرتا ہوا ادھر اُدھر دوڑنے لگا۔

پورے جنگل اور سرسبز کھیتوں کو روند ڈالنے کے بعد بھی جاشی نہ ملی۔ جارج نے اپنا سر پیٹ لیا۔ سورج آہستہ آہستہ نکل رہا تھا۔ یہ دیکھ کر جارج نے کہا" اندھیرے کی وجہ سے ہو سکتا ہے کہ وہ ہمیں نظر نہ آئی ہو اس لیے آؤ سب مل کر اُسے تلاش کریں۔"

مردہ آنکھوں والا برتن انہوں نے ایک جگہ چھپا کر رکھ دیا تاکہ کوئی جنگلی جانور آنکھیں نہ کھا جائے یہ تو اُنہیں معلوم ہی تھا کہ اس جگہ دوسرا کوئی شخص ہرگز نہیں آسکتا اس لئے جھونپڑیوں اور اُن میں بھرے ہوئے سونے کو اسی طرح کھلا چھوڑ کر وہ لوگ جاشی کی تلاش میں روانہ ہوئے۔ اور اُسے تلاش کرتے کرتے وہ

پھر اسی خوفناک اور بھیانک جنگل میں داخل ہو گئے جہاں سے پہلے آئے تھے جنگل کا کونا کونا چھان ڈالنے کے بعد بھی جاشی انہیں نہ ملی مجبوراً وہ ایک جگہ تھک کر بیٹھ گئے۔ڈیوڈ نے اکتا کر سگرٹ نکالا اور اسے منہ سے لگا لینے کے بعد دیا سلائی جلائی۔ مگر یکایک ایک عجیب بات ہوئی۔ ایسا معلوم ہوتا تھا جیسے ڈیوڈ کے کپڑوں پر پہلے ہی سے پٹرول چھڑک دیا گیا ہو۔ کیوں کہ دیا سلائی کا نارنجی رنگ کا شعلہ بھڑک کر ایک دم اس کے کپڑوں پر چھا گیا۔ڈیوڈ کے منہ سے کوئی لفظ تک نہ نکل سکا۔ سیکنڈ کی چوتھائی میں وہ شعلوں کی لپیٹ میں آ گیا اور اُن تینوں کے دیکھتے دیکھتے جل بھُن کر راکھ ہو گیا۔

ٹام ذرا کمزور دل کا آدمی تھا اس لئے وہ تو بے ہوش ہو کر گر پڑا۔ لیکن جارج اور جیک اس طرح کھڑے کے کھڑے رہ گئے جیسے اُنہوں نے کوئی انہونی بات دیکھی ہو! اور واقعی بات تھی عجیب ـــ جس جگہ ڈیوڈ بیٹھا تھا وہاں اب کچھ نہ تھا۔ وہ جگہ جلی ہوئی تھی اور بس صرف تھوڑی سی راکھ وہاں پڑی ہوئی تھی ـــ جب جارج کے اوسان ٹھیک ہوئے تو اُس نے جیک سے کہا

کہ وہ ٹام کو ہوش میں لے کر آئے۔ جیک کا چہرہ اس وقت بالکل اُترا ہوا تھا۔ خود جارج کی بھی یہی حالت تھی۔ وہ دونوں جانتے تھے کہ اب قوسِ قزح کے اُن سات آدمیوں کا انتقام شروع ہو چکا ہے اور اب وہ کسی طرح نہیں بچ سکتے ـــــ مگر زندگی بڑی پیاری چیز ہوتی ہے اور اس زندگی کو بچانے کے لئے اُنھوں نے پھر سے جدوجہد شروع کر دی۔ وہ پارس پتھر اور جھونپڑیوں میں پڑا ہوا سونا، سب کچھ اُن کے ذہن سے اُتر چکا تھا۔ اس وقت تو انہیں صرف ایک چیز کی خواہش تھی ـــــ زندگی ـــــ اپنی عزیز زندگی ـــــ!

جیک نے جارج کا حکم سُن کر جلدی سے اپنی چھاگل میں سے کچھ پانی نکالا اور اس پانی کو ٹام کے چہرے پر چھڑک دیا ـــــ پانی کا چھڑکنا تھا کہ ایک عجیب بات ہوئی۔ ٹام کا پورا جسم اچانک نیلا ہو گیا۔ پانی کے رنگ جیسا نیلا۔ اور پھر اچانک یہ جسم گھلنے لگا۔ جیک کے دیکھتے دیکھتے ٹام پانی بن کر بہنے لگا۔ جیک نے یہ دیکھ کر بڑی دہشت ناک چیخ ماری۔ اس کی چیخ کو سُن کر جارج نے پلٹ کر اُسے دیکھا اور خوف و حیرت کے مارے اُس کی آنکھیں بھی پھٹی کی

پھٹی رہ گئیں شام کی جگہ اب صرف تھوڑا سا پانی پڑا ہوا تھا اور یہ پانی اب آہستہ آہستہ گیلی زمین میں جذب ہوتا جا رہا تھا ـــــ حبشی مزدوروں کے سردار ماشر نے اور رنگین آدمیوں میں سے ایک یعنی جاشی نے جو کچھ کہا تھا وہ سچ ہو رہا تھا ـــــ

"جس رنگ کے آدمی کو آپ ماریں گے۔ بعد میں وہی رنگ آپ کی جان لے گا۔"

جارج اب سوچ رہا تھا کہ اُس نے اِس سرزمین میں قدم رکھ کر درحقیقت اپنی راہ میں کانٹے بوئے ہیں۔ وہ کتنا لالچی ہے!۔ اور اب اس لالچ اور ظلم کی سزا اُسے مل رہی ہے۔ اگر وہ چھے رنگین آدمیوں کو نہ مارتا اور اتنا لالچ نہ کرتا تو آج اس طرح خوف سے اُس کا دل نہ لرز رہا ہوتا۔ ابھی وہ ان موت کے رنگوں سے پیچھا چھڑانے کے بارے میں سوچ ہی رہا تھا کہ یکایک جیک پاگلوں کی طرح ہنسنے لگا۔ اور چلّا چلّا کر کہنے لگا۔

"اب میری باری ہے۔ ہا ہا ہا ـــــ اب میری باری ہے۔ میں نے زرد رنگ کے

آدمی کو مارا تھا نا۔ اب کہیں سے کوئی زرد رنگ آئے گا اور مجھے تباہ کر دے گا ہاہاہا ـــــ لیکن اس سے پہلے میں خود ہی اپنی جان لے لیتا ہوں میرا یہ پستول کس دن میرے کام آئے گا؟"

یہ کہہ کر اُس نے اپنا پستول نکالا۔ جارج بالکل پتھر کا بت بن کر رہ گیا تھا اس لئے وہ اسے روک بھی نہ سکا۔ جیک چاہتا تھا کہ پستول کو اپنی کنپٹی سے لگالے کہ اچانک درخت کی کسی شاخ سے ایک زرد رنگ کا گرگٹ اُچھل کر اس کے پستول کی نال پر آ بیٹھا۔ اور پھر نال پر سے اچھل کر جیک کے کندھے پر کود گیا۔ جارج کی نظروں کے سامنے ہی جیک نے ایک چیخ ماری اور پھر فوراً ہی وہ زرد رنگ کی مٹی کا ایک تودا بن کر رہ گیا ـــــ جس جگہ وہ کھڑا تھا اب وہاں اس کے بجائے مٹی کا ایک ڈھیر پڑا ہوا تھا!

خوف اور ڈر کی وجہ سے جارج کی گھگھی بندھ گئی۔ اُس نے فوراً اپنی تمام چیزیں اُتار کر دور پھینک دیں اُس نے اودے رنگ کے آدمی کو مارا تھا نا۔ اس لئے اُس نے ایسی تمام چیزیں پھینک دیں جن میں اودا رنگ

یا اس سے ملتا جلتا رنگ تھا۔ پستول اور بندوق بھی پھینک دی۔ کیونکہ اس کی نال کبھی کبھی اودے رنگ کی جھلک دیتی تھی۔ یہ سب کچھ کرنے کے بعد وہ تیزی سے پیچھے بھاگنا ہی چاہتا تھا کہ سامنے کی جھاڑی کے پتے ہلے اور جاشی اس جھاڑی میں سے نمودار ہوئی۔ جاشی کو دیکھ کر جارج رُک گیا۔ جاشی اُسے بہت پسند تھی اور وہ اُس سے شادی کرنے کا خواب بھی دیکھ رہا تھا۔ وہ جارج کو دیکھ کر مسکرائی اور بولی۔

"تم نے اپنے ساتھیوں کا حشر دیکھ لیا۔ میں نے ٹھیک کہا تھا نا؟"

"ہاں ـــــ میں اپنے کئے پر شرمندہ ہوں ـــــ لالچ نے مجھے اندھا کر دیا تھا۔ مجھے معاف کر دو" جارج نے عاجزی سے کہا۔

"میں تمہیں معاف بھی کر دوں گی اور تم بچ بھی سکتے ہو ـــ مگر ایک شرط پر"

"شرط! ـــــ کون سی شرط؟"

"تمہیں مجھ سے شادی کرنی ہوگی" جاشی پھر مسکرائی۔

جارج تو دل و جان سے یہی چاہتا تھا۔ لہک کر بولا "ہاں ہاں۔ مجھے منظور ہے۔"

"میں جانتی تھی کہ تمہاری یہی خواہش ہے اس لئے میں خود تمہارے پاس آگئی ہوں۔ بے فکر رہو اب تم پر کوئی آنچ نہ آئے گی اور تم زندہ رہو گے۔"

"تمہارا شکریہ۔ بہت بہت شکریہ۔ میں یہی چاہتا ہوں۔" جارج نے بالکل غلاموں کے سے انداز میں جواب دیا۔

"ہمارے ہاں قاعدہ ہے کہ دولہا دولھن ایک دوسرے کے گلے میں پھولوں کی مالائیں ڈالتے ہیں — تمہارے پاس پھولوں کا ہار ہے؟" جاشی نے پوچھا۔

"نہیں — لیکن میں سرخ رنگ کے پھولوں کی یہ بیل توڑ لیتا ہوں۔"

"توڑ لو — اور پھر آگے بڑھ کر میرے گلے میں ڈال دو۔" جاشی نے حکم دیا

نہ جانے کون سی طاقت تھی جو جارج کو یہ سب کچھ کرنے پر مجبور کر رہی تھی۔ اُس نے سُرخ پھولوں کی بیل توڑی اور پھر آگے بڑھ کر یہ بیل جاشی کے گلے میں ڈال دی۔ جاشی بھی پھولوں کا ایک ہار لے کر آئی تھی۔ جواب میں اُس نے یہ ہار جارج کے گلے میں ڈال دیا اور پھر

یکایک دور ہٹ کر بھیانک طریقے سے ہنسنے لگی۔ جارج نے غور سے ہار کو دیکھا تو اُس کا دم خشک ہو گیا اُس کے گلے میں اودے پھولوں کا ایک ہار پڑا ہوا تھا!

جاشی نے ایک قہقہہ لگایا اور بولی " لالچی انسان — دیکھ اب تیری موت تیرے قریب آپہنچی۔ تو اس سے بچنا چاہتا تھا مگر یہ تیرا پیچھا کر رہی تھی۔ تو نے چھ بیگناہوں کے خون سے اپنے ہاتھ رنگے۔ اُن کی روحوں نے تجھ سے انتقام لے لیا ہے۔ پارس پتھر کے لالچ میں تو نے اُن کی آنکھیں نکلوائیں مگر اب اُن کی یہی آنکھیں آسمان پر سے تیرے عبرت انجام کو دیکھ رہی ہیں — دیکھ لے! - یہ ہے ظلم اور لالچ کا انجام"

جاشی یہ کہتے ہی اچانک ہوا میں غائب ہو گئی اور اُس کے غائب ہونے ہی جارج ہلکا ہونے لگا۔ اُسے محسوس ہوا جیسے اُس میں ذرا سا بھی وزن نہیں ہے۔ اُس کے ہاتھ پیر اور اس کا جسم آہستہ آہستہ غائب ہونے لگا اور پھر جلد ہی جارج ہلکے اودے رنگ کا دھواں بن کر آسمان پر

اڑنے لگا۔

آج بھی ٹاکوناجی قبیلے کی جھونپڑیوں کے اوپر یہ دھواں لہراتا ہوا نظر آتا ہے۔ یہ اصل میں جارج ہے جو اب بھی جھونپڑیوں میں پڑے ہوئے سونے کو پانے کی جستجو کرتا رہتا ہے۔ مگر افسوس آ سے پا نہیں سکتا۔

***

بچوں کے لیے سراج انور کا ایک مہماتی ناول

دوسرا زینہ

مصنف : سراج انور

بین الاقوامی ایڈیشن منظر عام پر آچکا ہے

Made with ❤ on the BookLeaf Publishing Platform
www.bookleafpub.in
www.bookleafpub.com

Dedication

अर्पण

इसे मैं अर्पण करता हूं हर संवेदनशील इंसान को जिसमें अभी भी औरों के लिए दया, करुणा और प्रेमभाव है.

Preface

प्रस्तावना

आजकल पैसे और पावर के पीछे भागते दौड़ते जीवन में, इंसान ने बहुत कुछ पीछे छोड़ दिया है. लोग आजकल भावनाहीन, दयहीन और संवेदनाहीन होते जा रहे हैं. मगर इस दौर में भी बहुत लोग ऐसे भी हैं जिनके अंदर इंसानियत है, जिनके अंदर औरों के प्रति दया, करुणा, संवेदना, और प्रेम दिखता है. और जो लोग दिल से पत्थर हो चुके हैं, उनके भी मन के भीतर किसी कोने में, कहीं ना कहीं, यह सभी भाव छुपे या दबे मिलेंगे.
इन्हीं संवेदनाओं को उजागर करने का और उन्हें शब्द देने का प्रयास है ***"अंतरमन"***

Acknowledgements

आभार

मैं अपने माता-पिता का आभारी हूं, जिन्होंने मुझे सबको एक समान प्रेम भाव से देखना सिखाया. औरों के प्रति प्रेमभाव, दया, करुणा रखना सिखाया. मैं अपनी संवेदनाओं को शब्द दे सकू इस काबिल बनाया.
मैं ईश्वर का भी आभारी हूं, जिन्होंने मुझे एक संवेदनशील अंतर मन दिया और मेरे अंतर मन की संवेदनाओं से मेरा परिचय करवाया.
मैं आभारी हूं उन सभी का जिन्होंने समय-समय पर मेरे साथ जुड़ कर मेरी कविताओं को जीवंत रखा और मुझे लिखने के लिए प्रोत्साहित किया, प्लेटफॉर्म र्दिया, या अपना कीमती वक्त दिया.
मैं अपनी पत्नी का भी आभारी हूं जिसने मेरी कविताओं को न केवल सुना मगर सराहा भी और मेरा साथ देते हुए मुझे लिखने के लिए प्रोत्साहित भी किया.

1. बना दे मुझको

मैं अपने आप से रूठा हूं मना ले मुझको,
जिंदगी एक बार तो तू अपना बना ले मुझको.

दुनिया का दर्द देख आंख भर आती है मेरी,
इससे तो अच्छा है तू पत्थर ही बना दे मुझको.

सह नहीं पाता हूं अब दिल पर यह अपनों के जख्म,
प्यार का थोड़ा तो मरहम तू लगा दे मुझको.

न जाने कितने ही चेहरे बदल दिए अब तक,
खुद को पहचान सकूं, एक ऐसा आईना दे मुझको.

मेरे गुनाहों को तू माफ क्यों कर देता है?
लोग मिसाल दे, कोई ऐसी सजा दे मुझको.

हार जाता हूं कभी खुद से ही लड़ते-लड़ते,
आ बैठ पास मेरे, थोड़ा सा हौंसला दे मुझको.

जो नहीं हूं बन के बैठा हूं वही मैं कब से,
और कुछ ना सही बस पहले सा बना दे मुझको.

2. नहीं सकता

मैं दर्दे दिल का हाल सुना भी नहीं सकता,
क्या चाहता हूं मैं यह बता भी नहीं सकता.

वह जानकर भी सब कुछ अनजान है बैठे,
यह बात है उनकी यह जता भी नहीं सकता.

उसने दिया जो जख्म वह बनने को है नासूर,
फिर भी मैं उसकी याद मिटा भी नहीं सकता.

वह जितने पास है, उतने ही दूर है,
के नाम से मैं उनको बुला भी नहीं सकता.

हर बार, नया सा देखने की चाह है उनको,
यह जानते हुए कि उसे पा भी नहीं सकता.

3. क्या याद है तुम्हें?

वह पहली नजर का प्यार क्या याद है तुम्हें?
वह आंखों का इजहार क्या याद है तुम्हें?

हां मुझको पलट के तुमने भी देखा था,
वह आंखों का होना चार क्या याद है तुम्हें?

धड़ कने हुई थी तेज़ जब पास बैठे थे,
दिल का होना बीमार क्या याद है तुम्हें?

जाते हुए हम दोनों ही तो मुस्कुराए थे,
वह प्यार का इकरार क्या याद है तुम्हें?

कुछ सपने देखे थे फिर साथ में हमने,
वह सपनों का संसार क्या याद है तुम्हें?

बस यादों में "निशब्द"से मिलते रहे हो तुम,
वह हमारा अधूरा प्यार क्या याद है तुम्हें?

4. तुझसे है नहीं

ए खुदा नाराज तुझसे मैं नहीं,
अब कोई फरियाद तुझसे है नहीं.

जिंदगी जा तेरा भी है शुक्रिया,
हां मुझको कोई खार तुझसे है नहीं,

वक्त तूने क्यों सितम ढाए बहुत?
ऐसा कोई सवाल तुझसे है नहीं.

जो कुछ दिया तूने सब स्वीकार है,
अब कोई भी मलाल तुझसे है नहीं.

शिकवा करें हम कितना? चल जाने भी दे,
दिल में कोई गुबार तुझसे है नहीं.

दिल धो कर साफ करके मैंने रख दिया,
अब कोई भी ख्याल तुझसे है नहीं.

तुझे भूल कर भी याद तुझको ही करें,
हमें इतना भी लगाव तुझसे है नहीं.

5. पाया मैंने

सब कुछ पाने की चाहत में क्या खोया क्या पाया मैंने?
जीवन की इस दौड़ में एक दिन खुद को तन्हा पाया मैंने.

साथ चले वह अपने खोये, बंद आंखों के सपने खोये,
अपने सब सुख चैन के बदले डर बेचैन सा पाया मैंने.

बचा हुआ वह बचपन खोया, भीतर से भी लड़कपन खोया,
छोड़ के महफिलें यारों की फिर कुछ भी ना पाया मैंने.

पैसों की खातिर प्यार गवाया, खुशियों का संसार गवाया,
खुद ही खुद की बोली लगाकर खुद को निर्धन पाया मैंने.

जीत के भी अब हार चुका हूं, खुद की दुनिया उजाड़ चुका हूं,
सब कुछ पाने की चाहत में आखिर कुछ ना पाया मैंने.

6. नहीं मिलते

की जाकर लौट आई है दुआ मेरी वहीं से फिर,
जहां जिंदा है हर कोई मगर इंसान नहीं मिलते.

खुदाया माफ़ करना मैं तुम्हें पहचानूँगा कैसे?
सुना है अब किसी इंसान में भी तुम नहीं मिलते.

चलो अब बांट दो ख़ुद को भी तुम मज़हब के नाम पर,
मगर ऐसी इबादत से कभी खुदा नहीं मिलते.

सुना है वक्त जैसे हो गए हैं दोस्त अब मेरे,
जहां एक पल भी ठहरें हो, वहां पर फिर नहीं मिलते.

न जाने कब नसीब होंगे मुझे दो पल वह फुर्सत के,
जो पल बचपन में मिलते थे, वही क्यों अब नहीं मिलते?

हर एक लफ्ज में सौ लफ़्ज़ों का हुनर जो रखतें हैं,
“निःशब्द” के बोल हैं जो आसानी से नहीं मिलते.

7. वह नहीं

खयालात वह नहीं अब जज्बात वह नहीं,
ए दोस्त अब के मेरे हालात वह नहीं.

अरसों के बाद मिल रहे हैं फिर से हम दोनों,
अब के मेरे हाथों में सौगात वह नहीं.

लगता है मेरा दोस्त अब मेरा नहीं रहा,
गले तो मिल रहा है पर बात वह नहीं.

मेरी गरीबी देखकर जीजक रहा था वह,
उसको लगा कि मेरी अब ओकात वह नहीं.

पहले तो बिना मतलब के मिलते थे रात दिन,
देखो अब पहले जैसे दिन रात वह नहीं.

“नि:शब्द” हम आज भी मिलते हैं वहीं पर,
मिलने को तो मिलते हैं पर मुलाकात वह नहीं.

8. किस तरह?

इतना तू मुझको बता दे जिंदगी,
खुद को खो कर तुझको को पायें किस तरह?

जब जी चाहे तू रुला तो देती है,
तू कहे तब मुस्कुराए किस तरह?

सब कुछ पीछे छोड़ आए दौड़ में,
अब किसी का साथ पायें किस तरह?

जीत भी अब हार जैसी लगती है,
जीत का फिर जश्न मनाएं किस तरह?

बहुत कुछ तूने सिखाया मौत तक,
तू ही बता इसे आजमाएं किस तरह?

9. मिल नहीं पाया

में अपने आप से मिलकर कभी यह कहे नहीं पाया,
जिंदगी जख्मों का है सिलसिला, हर कोई सह नहीं पाया.

बस एक रूह थी जिसको बचाता फिर रहा था मैं,
ज़माने से में उसको भी देखो बचा नहीं पाया.

गली के मोड़ पर एक मां और बच्चा भूखे बेठे थे,
मैं उसे दिन जाने क्यों एक भी निवाला खा नहीं पाया!

एक बाप लेने निकला था खिलोने अपने बच्चों के,
नफ़रत की भीड़ में खोया तो फिर वापस नहीं आया.

जिसे हर हाल में खुश रखा था मां-बाप ने यारों,
बेटा मां-बाप को किसी हाल में भी रख नहीं पाया.

के देदू जान मतलबी प्यार कि खातिर नहीं मुमकिन,
मेरा किरदार लगता है तुम्हें समझ नहीं आया.

वह बूढ़ा गांव का घर राह तकता होगा आज भी,
बिछड़ के उससे, मैं फिर खुद से भी कभी मिल नहीं पाया.

10. और कुछ भी नहीं

क़ब्रें इंसाफ अब चाहिए और कुछ भी नहीं,
गुनहगारों के सर चाहिए और कुछ भी नहीं,

उसकी रूह भटकते हुए यहीं कहती होगी,
इंसाफे सुकून अब चाहिए और कुछ भी नहीं.

जहां बेटियों बिना डर के कहीं भी आ-जा सके,
एक ऐसा वतन अब चाहिए और कुछ भी नहीं.

छूने से पहले आंचल उसका डर जाए वह,
आंखों में ऐसी अगन चाहिए और कुछ भी नहीं.

कब तलक यूं ही लाचार चलेंगे मॉम लिए,
यह आग अब दहकनी चाहिए और कुछ भी नहीं.

ए वक्त अब तो करना होगा इंसाफ तुझे,
हर जुबां यह बोलनी चाहिए और कुछ भी नहीं.

11. गुम है

मेरे जो दोस्त थे पहले वह अब संसार में गुम है,
करूं मैं बात किस्से अब? के सब बाजार में गुम है.

के दिल में जो भी होता था उन्हें हम यूं कह देते थे.
वह सारे दोस्त अब जाने क्यों शिष्टाचार में गुम है?

पहले जब भी हम मिलते थे, वही त्यौहार होता था,
कहे क्या अब? के सारे अपने ही त्यौहार में गुम है.

पहले जब बात करते थे तब अपनापन झलकता था,
पर अब लगता है कि वह जाने किसी खुमार में गुम है.

पहले था कौन, कैसा? यह कभी सोचा ना था हमने,
कि अब सब नाप-तोल के अलग व्यवहार में गुम है.

करें उनसे शिकायत क्या वह अपने यार ही तो है,
जान भी दे, ए दिल तू क्यों ऐसे गुबार में गुम है?

12. अकेला चला

हर लड़ाई मै अक्सर अकेले लड़ा,
हां अकेला चला, हूं अकेला बढ़ा.

जब जरुरत पड़ी साथ कोई न था,
वर्ना जमघट मेरे आसपास था बड़ा.

अपनी अपनी फुर्सत से सब आ के गए,
मैं शुरू से अभी तक हूं अकेला खड़ा.

हां मगर फिर भी सबको शिकायत है यह,
क्यों कभी उनको अकेला है चलना पड़ा?

कश्मकश हर एक पल, मैं कहूं किससे पर?
वक्त भी जाने मुंह फेर कर चल पड़ा.

13. याद है

मुझको अभी भी दिन पुराने याद है,
गुजरे वह सारे जमाने याद है.

एक वह कल, जब आज में जीते थे हम,
उस कल के सारे फंसाने याद है.

जो बिना मतलब के मिलते थे कभी,
दोस्त वह भी थे दीवाने याद है.

बस हवा के साथ बहते रहते थे,
आज भी वह पल सुहाने याद है.

उनसे मिलने जाने को किए थे जो,
मुझको वह सारे बहाने याद है.

उस दौर हर नुक्कड़ पर दिख जाते थे जो,
वह खुशियों के सारे ठिकाने याद है.

14. जिंदगी मुश्किल नहीं

क्या कहूं कुछ भी हुआ हासिल नहीं,
अपने ही कहते हैं तू काबिल नहीं.

जख्म अपनों से ही हमने खाए हैं,
और उसपर मरहम भी हासिल नहीं.

सभी को अपना मान कर जीते हैं पर,
हम किसी के अपनों में शामिल नहीं.

दिल से मेरे चीख सी निकली है पर,
वह तो कहते हैं कि यह दिल दिल नहीं.

बेवफाई तू करें, दर्द में सहूँ,
खुद के लिए मैं इतना भी संगदिल नहीं.

लफ्ज़ मेरे रो पड़े यह देखकर,
एक ग़ज़ल भी मेरी मुकम्मल नहीं.

जिंदगी भर मुश्किलों से जूझकर,
अब लगता है कि जिंदगी मुश्किल नहीं.

15. बचपन

ए मेरे यार, चल बचपन में चलते हैं,
यह बड़ा होना, अब अच्छा नहीं लगता .

उस दौर में, झूठ भी सच्चा लगता था हमें,
न जाने क्यों अब तो सच भी सच्चा नहीं लगता.

वह वक्त था जो दिल में आता बोल देते थे,
हर लफ्ज़ सोच के बोलना अब अच्छा नहीं लगता.

था बचपना, पर लड़ झगड़ कर भी साथ रहते थे,
अब कोई कुछ भी कह दे तो अच्छा नहीं लगता.

बस एक दोस्ती ही उम्रभर तक साथ देती है,
और कोई भी रिश्ता इतना सच्चा नहीं लगता.

16. बिछड़ जाता हूं

मैं अपने आप को पहचान नहीं पाता हूं,
जब भी मैं खुद से मिलता हूं बिछड़ जाता हूं.

कई तो सपने भी एक साथ देखे थे हमने,
जैसे ही नींद से जगता हूं बिछड़ जाता हूं.

मैं खुद के साथ बंदगी भी कर लेता मगर,
सजदे में जब भी मैं झुकता हूं बिछड़ जाता हूं.

शायद उस मैं को सब ज़मीर ही कहते होंगे,
इसलिए जब भी मैं बिकता हूं बिछड़ जाता हूं.

माना एक जैसी ही सूरत है हम दोनों की,
आईना खुद को दिखाते ही बिछड़ जाता हूं.

मौत से पहले बस एक बार मिलना है खुद से,
खुद को जब सामने पाता हूं बिछड़ जाता हूं.

मेरे लफ्जों में ही मिलता है बस वजूद मेरा,
खुद को "निःशब्द" मैं कहता हूं बिछड़ जाता हूं.

17. टूट जाते हैं

जो क्यूं कर झुक नहीं सकते वह अक्सर टूट जाते हैं,
मुसीबत देखकर अपने भी अक्सर रूठ जाते हैं.

की सब कुछ पा लेने के बाद ही मालूम पड़ता है,
की सब कुछ पाने में अपने ही पीछे छूट जाते हैं.

फरिश्ते कान में कहने को आए थे यही तुमसे,
भरोसा जिन पर होता है वही फिर लूट जाते हैं.

कि जिनके वास्ते अक्सर हमारा दिल धड़कता है,
दिले नादान अक्सर उनके ही हाथों टूट जाते हैं.

18. आईना हूं मैं

जाने किस बात से खफा हूं मैं,
देखो, अब अपने आप से जुदा हूं मैं.

घर से निकला था मैं कुछ बनने को,
क्या से क्या देखो बन गया हूं मैं?

अपनों के रास्ते बनाने में,
अपनी ही मंजिल खो चुका हूं मैं.

सोचा था आंखें खोलूंगा सबकी,
अंधों की बस्ती में आईना हूं मैं.

दर्द किसी का भी देख नहीं पाता,
शायद हर दर्द से जुड़ा हूं मैं.

खरीदते खरीदते कीमती चीजें,
कोडीयो के दाम बिक चुका हूं मैं,

सबके दिल में जगह बनाने में,
“निःशब्द" कहीं का नहीं रहा हूं मैं.

19. कोई भी नहीं

अब तू है और परिवार तेरा,
इससे आगे जहां कोई भी नहीं.
तुम सब के दर्द में साथ खड़े,
तेरे दर्द में खड़ा कोई भी नहीं.
के जिनके लिए तुम सब कुछ थे,
उनमें से यहां कोई भी नहीं.
दिल का गुबार कहो किस से कहे?
सुनें कौन यहां? कोई भी नहीं.
सच कोई यहां कह दे तो भी,
मानेगा यहां कोई भी नहीं.
है दर्द तुम्हें या दर्द में तुम,
समझेगा कौन? कोई भी नहीं.
बदला जो वक्त बदलेंगे सभी,
है वक्त से बड़ा कोई भी नहीं.
मैं अपनों के सपने जीता हूं
मेरा सपना कोई भी नहीं.
अपनों के घाव दुखते हैं बहुत,
इस दर्द की दवा कोई भी नहीं.
अपनों की भीड़ में खड़ा हूं मगर,
है अपना यहां कोई भी नहीं.

20. होते हैं

कभी जो दूर होकर भी हमारे पास होते हैं,
वह दिल के कोने में छुपे हुए एहसास होते हैं.

के हर कोई जो अपना है वह क्यों प्यार नहीं होता?
नहीं कुछ लोग जो अपने वही क्यों खास होते हैं?

करि-बे-दिल न जाने क्यों समझ पाते नहीं इतना.
दिल और धड़कन नहीं वह तो हमारी सांस होते हैं.

मायने कुछ नहीं रखती हजारों मील की दूरी,
जो सच में खास होते हैं वह दिल के पास होते हैं.

वह आंखें बोल देती है जो लब कभी कहे नहीं सकते,
समझ सकता नहीं हर कोई, यह वह जज्बात होते हैं.

21. शामिल ना हुआ

जिंदगी भर का गिला यूं आज एक पल में हुआ,
जिसको मैं जैसा चाहिए था वैसा हासिल ना हुआ.

सबको रखना चाहा था खुश मैंने तो हर एक पल,
थोड़ा सा भी ख़्वाब मेरा यह मुकम्मल ना हुआ.

कितना कुछ चाहा था मैंने जिंदगी से क्या कहूं,
पा लिया सब कुछ मगर फिर भी कुछ हासिल ना हुआ.

पूरी कोशिश की थी मैंने हर रिश्ता निभाने की,
पर मैं किसी भी हाल में इन रिश्तों के काबिल ना हुआ.

हां अलग ही सोच थी दुनिया से मेरी इसलिए,
मैं दुनिया की भीड़ में चाह कर भी शामिल ना हुआ.